edebé

© 2017, Innovant, Publishing s.l. - Dospuntos, s.l. 2017
www.innova-nt.com I www.dospuntos.eu

Equipo: Xavier Ferreres (dirección de proyecto), Javier Soler y Pablo
Montañez (dirección creativa), Olga Prat (textos), Oscar Fernández (ilustración),
Esteban Ratti (coloreado)

Directora de Publicaciones: Reina Duarte
Directora de Literatura Infantil: Elena Valencia

© de la edición: Edebé, 2017
Paseo de San Juan Bosco, 62
08017 Barcelona
www.edebe.com

Primera edición, marzo de 2017

ISBN 978-84-683-3173-7
Depósito legal: 1950-2017
Impreso en España
Printed in Spain

S.O.S.
AMAZONAS
EN PELIGRO

edebé

UNA LLAMADA INESPERADA

¡Yupiiiiii! ¡Por fin se ha terminado el cole! ¡Tenemos muchos días para jugar y divertirnos! ¡Vayamos a ver a Eliot para celebrarlo! —exclamó Dani, mientras andaba en la bici a toda prisa por la calle principal de Hills Town, el pueblo de las siete colinas.

—¡Buena idea! Podemos preguntarles si él y el profesor Clik tienen algún buen plan para las próximas semanas —contestó Kyra, que seguía de cerca a su hermano, pese a llevar una pesada mochila repleta de los libros utilizados en el recién terminado curso.

—¡Vamooooos! —gritó Dani con excitación, pedaleando aún con más intensidad.

Cuando ya estaban a las puertas de la casa del profesor, Kyra alcanzó a Dani, que se detuvo agotado, bajando de la bici con la lengua fuera e intentando recuperar la respiración.

—Es imposible superarte en cualquier deporte, hermanita —susurró a su hermana.

«¡Ding, dong!», sonó el timbre de la casa del profesor Clik.

Al cabo de unos segundos, Eliot, con su mascota encima del hombro, abrió la puerta.

—¡Por fin se ha acabado el cole! —exclamó Dani sin poder contener su entusiasmo.

—Hola, chicos, llegáis en el momento oportuno —les saludó Eliot, que parecía un poco nervioso.

En su mano sostenía un curioso mando cuadrado con dos palancas a cada lado y una pequeña pantalla, parecida a la de un teléfono móvil, en el centro. El simpático hurón Leonardo se enroscó, con sus pequeños brazos, en el cuello de su dueño, muy contento de ver a los dos hermanos.

—¡Rápido, bajemos al sótano! —prosiguió Eliot.

—¿Ocurre algo, Eliot? —preguntó Kyra, preocupada por su amigo.

—Aún no sabemos de qué se trata exactamente, pero parece que ha pasado algo muy extraño en Perú. Mi tío está esperando una videollamada desde allí —contestó Eliot invitándoles a entrar.

Los tres amigos y Leonardo bajaron presurosos las escaleras hasta el laboratorio. Allí estaba el profesor Clik, sosteniendo en sus manos un artilugio metálico cuadrado que tenía cuatro hélices, una en cada lado.

—¡Hola, chicos! —les saludó Clik—. Creo que ya lo he arreglado, Eliot. Dale al botón verde, querido sobrino.

Este apretó el botón izquierdo del mando que tenía en sus manos. De repente el artilugio mecánico empezó a volar por el laboratorio propulsado por las hélices.

—¡Uaauuuuu! ¿Qué es esto? —preguntó Dani, admirando el objeto que revoloteaba por el laboratorio.

—Un dron muy especial —respondió orgulloso el profesor

Clik, esbozando una sonrisa de satisfacción al ver que su invento funcionaba a la perfección.

—Mi tío ha inventado este modelo que dispone de cámara y un sistema de agarres para ayudar al cartero Vicente a repartir los paquetes.

—Así podrá dejarlos en los portales de las casas sin tener que subir las fuertes pendientes de Hills Town —explicó el profesor mientras hacía descender el dron sobre una de las mesas del laboratorio—. Aunque con lo mucho que come no le va mal hacer algo de ejercicio.

—¡Ja, ja, ja! —rieron todos al unísono, cuando fueron interrumpidos por el sonido de una llamada.

«¡Riiiing, riiiiing!».

—¡Ah, por fin! —dijo el profesor, buscando algo en los cajones de uno de los armarios del laboratorio—. ¡Aquí está! —exclamó, sacando otro mando metálico.

Apretó un botón e inmediatamente bajó del techo una enorme pantalla que se puso en marcha. Era tan grande que ocupaba casi toda una pared.

—¿Es usted el profesor Clik? —preguntó un agente de policía uniformado.

El resto de la pandilla se quedó en absoluto silencio tratando de escuchar la conversación.

—En carne y hueso. Dígame, agente, ¿qué ha sucedido en Perú?

—Nunca habíamos visto nada parecido, profesor —exclamó el hombre uniformado—. Nuestra selva está desapareciendo por las noches como por arte de magia. En distintas zonas, los árboles son talados de un día para otro, a un ritmo trepidante, sin que podamos encontrar quién está detrás de este desastre ecológico a gran escala. ¡Es terrible!

—Mmmmmm. Esto es muy raro, en efecto... —replicó Clik a su interlocutor, llevándose la mano a la barbilla—. Muy pero que muy raro.

—He contactado con usted porque sabemos que su equipo tiene experiencia en resolver casos de lo más extraños. ¿Nos ayudarán? —preguntó el agente—. Si pueden venir, mañana mismo les reservamos el vuelo.

—No se preocupe. Averiguaremos qué está sucediendo, pues es muy muy grave —dijo el profesor—. Nos vemos en Perú —añadió antes de cortar la conexión de la videollamada.

—Chicos, ¿tenéis algo que hacer estas vacaciones? —preguntó el profesor al resto de la pandilla—. Porque parece que nos vamos de viaje inmediatamente. ¡Hay que darse prisa!

—¡Yupi! —exclamaron Dani y Kyra dando saltos de alegría.

—¡Vacaciones llenas de aventuras! —añadió Eliot—. Vamos a preparar las maletas.

¡LA SELVA NOS NECESITA!

¡A presuraos, chicos, o perderemos el vuelo! —gritó el profesor Click a Dani, Kyra y Eliot en el aeropuerto, a la vez que empujaba una enorme maleta con ruedas en la que llevaba algunos de sus utensilios científicos.

Dani estaba muy excitado observando el ir y venir de toda la gente cargada de bolsos y maletas. Leonardo, desde la mochila que Eliot cargaba a su espalda, asomaba la cabeza. Kyra, que iba justo detrás, le advirtió que se escondiera bien. Se suponía que el hurón no podía viajar en el avión con ellos, pero Eliot había insistido en no dejarlo solo. ¡Ni hablar! ¡El simpático Leonardo era uno más de la pandilla!

Después de facturar las maletas y antes de subir al avión rumbo a Lima, la capital de Perú, todavía les quedaba pasar el último control. ¡Era el momento de cruzar la máquina detectora de metales! Todos los miembros de la

pandilla pasaron uno a uno, sometidos a la atenta mirada de los vigilantes. Era el turno de Eliot, que cruzó el arco metálico silbando.

—¡Un momento, no tan deprisa! —gritó uno de los guardias, mientras hacía un gesto a Eliot para que le siguiera. Era alto y fornido y tenía cara de haberse levantado de muy mal humor esa mañana—. Abra la mochila, por favor. Me ha parecido ver que algo se movía dentro de ella. ¿No llevará usted ningún animal, verdad?

—No…, no… —respondió con titubeos Eliot y abrió la cremallera de la mochila.

El guardia metió la mano dentro y sacó a Leonardo, que se hizo el muerto. La cara de toda la pandilla era un poema.

—¿Qué es esto? —preguntó el guardia mientras sostenía a Leonardo a un palmo de su cara.

—Un muñeco —respondió Eliot, saliendo del paso.

El guardia siguió estudiando a Leonardo con detenimiento durante unos largos segundos. Eliot tragó saliva.

—¿Cómo funciona? —se interesó el guardia, sin perder de vista a Eliot.

—Si le aprietas en la barriga, te abraza —respondió Eliot, nervioso.

¡Aquello fue lo primero que se le ocurrió!

—Vamos a ver… —dijo el guardia y apretó la barriga de Leonardo, que lo abrazó de inmediato—. ¡Caramba, menudo juguete, buscaré uno igual para mis hijos! —añadió el guardia sorprendido—. Muy bien, todo correcto. Aquí tiene su muñeco. Puede pasar.

Al cabo de unos minutos, toda la pandilla subió al avión, y el aparato empezó su trayecto hacia el territorio sudamericano. Dani no despegaba la cara de la ventana.

—¡Guaaaaaau, menudas vistas! —exclamó emocionado.

—¿En qué piensa, profesor? —preguntó Kyra a Clik, que parecía preocupado.

—La tala de árboles indiscriminada en un lugar como la selva del Amazonas puede dejar sin oxígeno a gran parte del planeta —respondió el profesor.

—Ayer estuve buscando algunos datos con mi ordenador. Los tengo aquí… —dijo Eliot.

•La selva amazónica, conocida como «los pulmones de la Tierra», es la más grande del planeta; ocupa aproximadamente 7.000.000 de km^2 y se extiende por nueve países sudamericanos (Brasil, Bolivia, Perú, Ecuador, Colombia, Venezuela, Guyana, Guayana Francesa y Surinam).

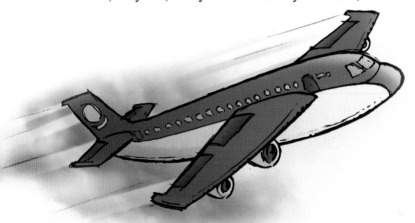

•El río más importante de la selva es el Amazonas, que nace en los Andes de Perú y desemboca en el océano Atlántico, en Brasil.

•En la selva amazónica viven aproximadamente el 30% de especies de todo el planeta. Alberga más de 60.000 especies arbóreas y todo tipo de animales (aves, mamíferos, insectos, reptiles...).

•Perú está situado al oeste de América del Sur y limita con Ecuador y Colombia al norte, Brasil y Bolivia al este, Chile al sur, y el océano Pacífico al oeste. Superficie: 1.285.216 km^2.

•En Perú, la selva amazónica ocupa poco más de la mitad del territorio nacional y en ella se hallan numerosas especies animales en riesgo de extinción, como el manatí, la nutria gigante, la tortuga grande (conocida como «charapa»), el paiche (el pez con unas dimensiones más grandes del río Amazonas)...

—¡Exacto, mi querido sobrino! —le espetó el profesor.

—¡Ahora entiendo por qué llaman a la selva amazónica el pulmón del mundo! —dijo Dani.

—Por eso es imprescindible que hallemos una solución a este problema. Pero antes tenemos que descansar.

¡Cuando lleguemos a nuestro destino tendremos mucho trabajo que hacer! —concluyó el profesor.

¡QUÉ DESASTRE MEDIOAMBIENTAL!

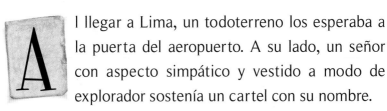

Al llegar a Lima, un todoterreno los esperaba a la puerta del aeropuerto. A su lado, un señor con aspecto simpático y vestido a modo de explorador sostenía un cartel con su nombre.

—Bienvenidos a Perú. Soy Carlos, su guía local y chófer en esta expedición. La policía me ha puesto al corriente de todo. ¿Por dónde empezamos, señores? ¿Adónde les llevo?

—¡Al corazón de la selva! ¡A toda prisa!

—exclamó Eliot sin dejar ni tiempo al profesor para contestar.

Desde hacía un buen rato el todoterreno se había adentrado en una profunda y espesa selva, llena de vegetación y ruidos procedentes de todas partes. Parecía imposible algo tan bello e inmenso. Pero, de repente, el coche se detuvo ante un paraje desolador. Apenas había árboles o vegetación en pie. Todo había sido talado. Había cientos de árboles caídos, y enraizada en el suelo solo quedaba la parte inferior del tronco.

—¿Quién es el desalmado que ha podido hacer algo así? —dijo Kyra con tristeza.

—No lo sé, pero veremos si podemos obtener alguna pista con la ayuda del dron —dijo el profesor, bajando del coche y sacando de su maleta su último invento.

Al cabo de unos minutos el aparato sobrevolaba la zona, controlado por Eliot, que lo guiaba con destreza. Todos observaban la pantalla del mando, que reproducía las imágenes que estaba grabando el invento.

—¡Es mucho peor de lo que me temía! —dijo Clik—. ¡Y muy raro! Esta tala en círculos parece obra de máquinas. Pero la policía y los habitantes de la zona no han visto nada raro.

—Ummm…. Si una máquina ha hecho esto en poco tiempo, debería ser enorme —teorizó Eliot tocándose la barbilla—. No lo entiendo.

—Sea lo que sea, de aquí no nos iremos hasta que averigüemos qué ha pasado y consigamos arreglarlo. Las autoridades confían en la pandilla Clik para resolver este misterio —dijo el profesor.

¡UN HALLAZGO ESTREMECEDOR!

Como no sabemos dónde se producirá el siguiente «ataque», os propongo dividirnos en dos grupos y acampar en las zonas más frondosas de la selva para vigilar.

—¡Genial! —contestó Dani entusiasmado.

—Eliot, Leonardo y yo nos quedaremos en la parte norte, mientras que Kyra y Dani podéis vigilar el sur —explicó el profesor consultando un mapa.

—Os dejaremos allí y os pasaremos a recoger mañana.

—¡Buena suerte, chicos! —gritó Eliot desde el todoterreno, alejándose a toda prisa hacia el norte.

En un momento, Kyra y Dani empezaron a montar la tienda de campaña, no sin alguna dificultad.

—Venga, vamos a hacer guardia. ¿Nos contamos historias de terror para no dormirnos? —dijo Dani.

—Me parece bien. Empiezo yo —respondió Kyra divertida.

—… Y entonces el hombre abrió la puerta y… —contaba Dani.

«¡Crack, crack!». «¡Crack, crack!», se oyó.

—¿Has…, has escuchado eso? —dijo Dani, buscando a toda prisa las linternas en la mochila.

—Parece que viene de aquella zona —respondió Kyra señalando el lugar más oscuro—. Vamos a investigar de qué se trata, pero ¡con cuidado! ¡Escondámonos allí!

«¡Crack, crack!». «¡Crack, crack!».

De repente, algo empezó a moverse a unos metros de donde estaban.

«¡Crack, crack!». «¡Crack, crack!».

¡Los hermanos no podían creer lo que estaban viendo! ¡Los troncos de los árboles talados estaban cobrando vida! ¡Les salían del interior dos brazos de metal equipados con sierras, así como una especie de ruedas! ¡En un momento

empezaron a avanzar rotando a toda velocidad sobre sí
mismos, y talando frenéticamente todo lo que tenían por
delante!

—¡Cuidado, Dani! —exclamó Kyra, dando una voltereta y
empujando a su hermano hacia atrás.

Un segundo después varios árboles cayeron encima
de la tienda de campaña donde unos minutos
antes estaban los hermanos.

—¡Que haría yo sin ti, hermanita! —exclamó Dani aliviado—. Pero ¿por qué los troncos cobran vida?

—¡Shhhhh! —dijo Kyra—. Parece que no estamos solos. ¡Escondámonos un poco más lejos y a salvo.

De repente se hizo el silencio. Todos los troncos se detuvieron a la vez, bajando sus brazos con forma de sierras. Parecían soldados esperando la orden de su general. Dos luces se fueron acercando en la oscuridad, acompañadas del sonido de un motor.

—Es un camión camuflado —dijo Dani en voz baja.

El vehículo se detuvo a unos metros de ellos y de su interior salieron dos hombres vestidos completamente de negro. Uno de ellos se acercó a uno de los troncos y le dio un par de golpecitos.

«Toc, toc».

—Parece ser que se ha quedado sin batería —comentó a su compañero—. Ayúdame a cargarlo en el camión.

—Esa voz me es familiar…——susurró Kyra, intentando recordar a quién pertenecía.

Los dos hombres levantaron con fuerza el tronco y lo llevaron hasta la parte trasera del vehículo.

—¡Uffff, cómo pesa el condenado troncobot! —se quejó uno de ellos.

Ambos se encaminaron a la parte delantera dispuestos a irse. Sin pensarlo dos veces, Kyra tomó a su hermano de la mano y lo empujó hasta el camión, abrió con cuidado la puerta trasera y se coló dentro, invitando a Dani a hacer lo mismo.

—Ahora somos polizontes —dijo Kyra. Y encendiendo la linterna añadió—: Polizontes rodeados de… ¡troncobots!

LA INCREÍBLE FÁBRICA DE LOS TRONCOBOTS

El vehículo arrancó y empezó a recorrer la selva a toda prisa, con Kyra y Dani escondidos en el maletero junto a los troncobots.

Kyra los analizó detenidamente.

—¡Menudo invento terrorífico! ¡Y parecen tan inofensivos!

De repente el vehículo se detuvo. Los dos hermanos asomaron la cabeza por una ventanilla delantera para observar qué ocurría, con cuidado de no ser vistos. Estaban parados delante de una pequeña montaña que parecía hecha exclusivamente de piedras amontonadas. El copiloto bajó del camión y tocó una de ellas. Se escuchó un ensordecedor «Bruuuuuum, bruuuuuuum» y uno de los conjuntos de roca se desplazó a un lado, dejando

al descubierto una cueva hasta entonces oculta. Había un camino que conducía a las profundidades de la tierra.

—¡Oooohhh! ¡Parece una autopista de piedra! —comentó Dani.

Kyra le indicó con el dedo que bajara el tono de voz. Dani se tapó la boca y asintió con la cabeza. El vehículo se puso otra vez en marcha, y los dos hermanos volvieron a agacharse para no ser descubiertos.

La furgoneta bajó por un camino que parecía interminable hasta detenerse en lo que parecía un enorme hangar. Kyra y Dani abrieron la puerta del maletero sin hacer ruido y salieron sigilosamente para esconderse detrás de un montón de chatarra. Los hermanos no podían creer lo que veían sus ojos. ¡Todo estaba lleno de plataformas y en ellas había cientos de troncobots! ¡Entonces era allí donde los construían!

En una gran cinta mecánica se colocaban troncos de árbol talados. Estos se desplazaban hasta que una gran mano mecánica les insertaba dos grandes brazos mecánicos a los que se les enroscaba una sierra mecánica. La cinta se seguía moviendo hasta su siguiente parada, donde se completaba el complejo invento, añadiendo una especie de potentes baterías. En el último tramo, los troncobots eran cargados en varios camiones.

De repente Kyra agarró el brazo de su hermano.

—¡Mira quién está al mando de todo esto!

En una plataforma elevada, que sobresalía de entre todas las demás, se encontraba el líder de tal macabro proyecto. Con sus manos, manejaba varias palancas que controlaban la cadena de montaje. Kyra se fijó en el siniestro personaje y vio que era… ¡el Conde de Lam!

—¡Quién sino él iba a estar detrás de todo esto! ¡Pero no dejaremos que se salga con la suya! —susurró Kyra a su hermano.

—¿Qué hacéis aquí parados como dos tontos? ¡Descargad los troncobots y reponed las baterías! ¡No hay tiempo que perder! —gritó Lam a aquellos dos hombres que, cuando se sacaron su vestuario, resultaron ser Gastón y Aníbal, los secuaces de Lam.

—¡Buffff! ¡Pesan como condenados! —se quejó Aníbal.

—¿Qué esperabas? Está hecho de metal, pedazo de zoquete —respondió Gastón, resoplando y con unas gotas de sudor por la frente.

—Pronto ya no nos tendremos que preocupar más por el mantenimiento de los robots —dijo el conde, y esbozó una maléfica sonrisa—. Según mis cálculos, en menos de dos semanas, apenas quedarán árboles en el planeta y a partir de entonces vamos a ser muuuuuuuuuuuy pero que muuuuuuuuuy ricos —explicó entusiasmado.

A su dos secuaces, se les iluminó la cara, al escuchar esas palabras.

—¡Me encanta el dinero! —exclamó Gastón con una sonrisa bobalicona.

—Pues en breve tendremos tanto que no sabremos en qué gastarlo —dijo nervioso Lam—. Cuando debido a la falta de árboles en el mundo, el oxígeno sea el tesoro más preciado para la humanidad, nosotros nos haremos ricos cobrando cantidades exorbitadas por entrar en la «ciudad verde» que estamos construyendo, donde no faltará ni oxígeno ni vegetación. Y yo seré el amo del nuevo mundo.

—¡Así que este es su plan! ¡Tenemos que impedírselo! —dijo Kyra a su hermano.

—Debemos contar esto al profesor y a Eliot. Ellos sabrán qué hacer —respondió Dani.

A unos pocos metros de distancia, vieron un camión que arrancaba y llevaba escrito «Isla M».

—¿No estarás pensando en meterte allí, no? —preguntó Dani visiblemente preocupado, consciente de la valentía de su hermana.

—¡Es nuestra única opción de salir de aquí y encontrar al resto de la pandilla! —le espetó Kyra, asiéndolo del brazo.

EL EJÉRCITO DE LOS MONOS

«**G**rzzzzz, grzzzzzz», los ronquidos de Dani retumbaban en la parte trasera del camión, donde los dos hermanos polizontes compartían sitio con decenas de troncobots.

«Este es capaz de dormir en cualquier parte», pensó Kyra, esbozando una sonrisa al ver a su hermano con la cabeza apoyada en uno de los robots.

El camión frenó bruscamente despertando de su sueño a Dani, que al abrir sus legañosos ojos vio a Kyra asomando cautelosamente la cabeza por la ventana del camión.

—¡Hemos parado en un bosque! —le informó.

De repente, una luz se encendió en todos los troncobots que estaban almacenados en el camión. Kyra y Dani se sobresaltaron y se ocultaron mientras la puerta del vehículo se abría y los robots empezaban a salir, descendiendo por una rampa y dirigiéndose a diversas partes del bosque para

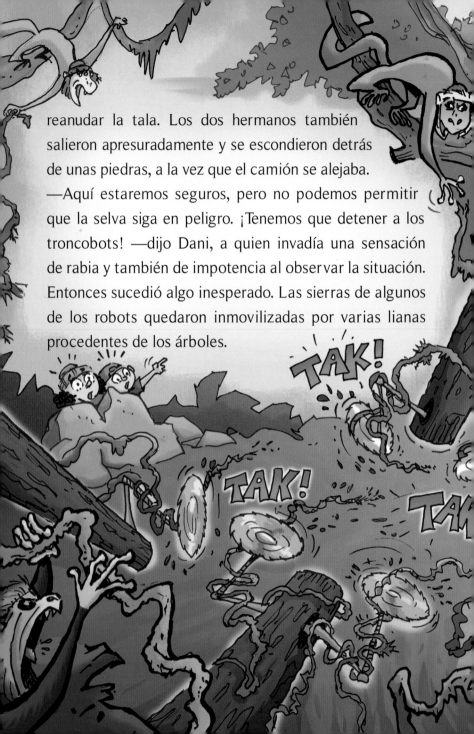

reanudar la tala. Los dos hermanos también
salieron apresuradamente y se escondieron detrás
de unas piedras, a la vez que el camión se alejaba.

—Aquí estaremos seguros, pero no podemos permitir
que la selva siga en peligro. ¡Tenemos que detener a los
troncobots! —dijo Dani, a quien invadía una sensación
de rabia y también de impotencia al observar la situación.
Entonces sucedió algo inesperado. Las sierras de algunos
de los robots quedaron inmovilizadas por varias lianas
procedentes de los árboles.

TAK!

TAK!

TA

TAK!

—¡Mira, Kyra! —exclamó
Dani, señalando a la copa de algunos árboles.
Los hermanos no podían creer lo que estaban viendo.
Un pequeño ejército de monos actuando al unísono estaba
inmovilizando a los troncobots. Era como si la madre
naturaleza se estuviera defendiendo de la agresión.

—¡Hurra! ¡Dadles su merecido! —gritó Dani animando a los animales, que terminaron por anular a todos los troncobots.

Uno de los monos, que tenía pinta de líder del grupo, volvió la cabeza hacia él y, con un largo salto, se plantó delante de los dos hermanos. Después de unos segundos, el mono les tendió la mano a modo de invitación para que le siguieran. Kyra y Dani empezaron a correr detrás de él, seguidos por el grupo de monos.

Después de haber recorrido unos kilómetros, se detuvieron ante lo que parecía un enorme palacio hecho de troncos de árboles y hojas. El líder de los monos les hizo un gesto con la mano para que esperaran.

—Gracias, gracias —dijo nerviosa Kyra—. Yo, Kyra —se presentó con un gesto—. Y este es Dani —prosiguió señalando a su hermano pequeño.

El mono volvió a repetir el gesto para que esperaran allí y se adentró en el palacio junto al resto de los compañeros. Los hermanos estaban expectantes. ¿Qué ocurriría? Contemplaban el peculiar templo, cuando de repente se escuchó una voz procedente del reloj de Dani:

—Chicos, ¿me oís? ¿Qué hacéis en la Isla de los Monos?

—¡Es el profesor! —exclamaron los dos hermanos a la vez.

—¿Cómo nos has encontrado? —preguntó Kyra.

—Gracias a la brújula termodinámica y al comunicador que os instalé —dijo el profesor a través del aparato—. Antes he intentado llamaros pero algo bloqueaba la señal.

—Estábamos bajo tierra —explicó Dani—. ¡No os imagináis lo que hemos descubierto!

—¡Tenéis que venir a toda prisa, el planeta entero depende de ello! —exclamó Kyra.

—Nos os preocupéis, tengo vuestra localización, chicos. Ya estamos cerca —dijo el profesor—. Os encontráis en la Isla de los Monos y en unos minutos estaremos allí. Corto y cambio —añadió el profesor finalizando la comunicación.

EL REY MONO SE DESCUBRE

—¡Profesor! ¡Eliot! ¡Leonardo! —gritó Kyra, al ver aparecer por detrás de la maleza a sus añorados amigos vestidos como si fueran a un safari.

La pandilla al completo se reencontró con abrazos y se puso al día sobre sus recientes descubrimientos.

—¡Ajá! —murmuró el profesor—. Mis cálculos eran ciertos, estamos en la Isla de los Monos.

—¡Genial! Según mis notas, aquí conviven siete especies diferentes de primates en una bella isla bañada por el río Amazonas —señaló Eliot.

—Pues hemos conocido a algunos de ellos —dijo Dani con visible excitación—. Y han dado su merecido a estos robots —añadió Kyra, imitando la escena con las lianas.

—Los monos son animales muy inteligentes —dijo el profesor.

—Y criaturas muy protectoras de su hábitat —interrumpió una voz.

La pandilla se dio la vuelta para comprobar quién había hablado y vieron a un gran mono en la entrada del palacio de las lianas. Vestía una larga túnica roja y se apoyaba en un bastón de madera. A su alrededor había una docena de monos colgados de las ramas. Al verlo, Leonardo se escondió detrás de las piernas de Eliot.

—Usted… Usted debe de ser el Rey Mono —apuntó el profesor, sorprendido. Aunque había leído sobre el monarca de los primates del Amazonas, siempre creyó que se trataba de una leyenda.

—En efecto. Y hoy seréis mis invitados de honor. Mis monos me han dicho que tenemos un enemigo común que está amenazando nuestras tierras —dijo el Rey Mono en tono solemne.

—Cuente con nosotros para lo que necesite, su majestad —respondió el profesor—. El enemigo son los troncobots construidos por el indeseable Conde de Lam, un viejo conocido al que ya nos hemos enfrentado varias veces —informó al monarca, que escuchaba atentamente.

—¡Sí! Hemos visto el taller bajo tierra donde los construye. ¡Pretende dejar el planeta sin oxígeno y construir una «ciudad verde» con acceso a quienes paguen una fortuna para vivir allí —explicó con indignación Kyra.

—Lamentablemente los humanos no siempre muestran el respeto que deberían al medio ambiente, su majestad —añadió el profesor.

—¡Cuánta razón tiene, querido profesor! —dijo el rey mientras se quitaba la máscara de mono dejando al descubierto un rostro humano.

—¡Es un hombre! —dijo Dani con asombro.

El profesor se ajustó las gafas para estudiar el rostro de aquel hombre.

—¡Diantres! ¡No puedo creer lo que ven mis ojos! ¿Es usted el doctor Silverstein?

—En efecto —respondió el hombre esbozando una sonrisa.

—¿Lo conoces, tío? —preguntó asombrado Eliot.

—Coincidimos hace muchos años en una convención medioambiental en Londres. Silverstein era el mejor naturalista de su generación, un apasionado del estudio de plantas y animales. Lo último que oí de él es que había

desaparecido en el Amazonas y que nunca nadie lo había vuelto a ver.

—Mi querido profesor, cuando visité esta zona de Perú, encontré a unos malvados que habían capturado a un grupo de monos, a quienes sometían a unas condiciones terribles, y experimentaban con ellos. Así que decidí liberarlos y crear aquí este lugar, donde los primates pueden vivir en armonía y libertad —dijo Silverstein en tono firme.

—Se les ve muy felices —intervino Kyra, observando a algunos monos que jugaban.

—Lamentablemente hace unas semanas empezó la tala indiscriminada de árboles y ahora todo el ecosistema amazónico está en peligro —dijo Silverstein con tristeza—. De momento hemos podido mantener a raya a los troncobots con las lianas, pero esto no es suficiente. En cualquier caso, ahora es momento de recuperar fuerzas con un buen desayuno. Seguidme.

La pandilla entró en el palacio, las paredes y el techo estaban recubiertos de lianas y hojas, por donde trepaban los monos, felices, y jugaban con sus compañeros. Caminaron hasta una sala, donde había una especie de mesa con fruta fresca, plátanos asados y agua.

—Comed y bebed los que os plazca, compañeros —dijo

amablemente Silverstein—. Con el estómago lleno nos será más fácil organizar un plan para acabar con los intrusos mecánicos que ocupan nuestras selvas y bosques.

—Tenemos que encontrar el modo de detenerlos —dijo pensativo el profesor Clik.

De repente se escuchó un «clack». Todos se volvieron y vieron que a Leonardo se le había caído el cuenco de agua con el que jugaba, mojando al animal.

—¡Claro! ¡Qué listo es este hurón! —exclamó el profesor, mientras Leonardo se encogía de hombros sin entender nada—. Al tratarse de máquinas, con el agua y la humedad se oxidan —prosiguió—. ¡Debemos inundar la fábrica donde los construyen para acabar con ellos!

¡AL AGUA, TRONCOBOTS!

Si algo no falta en esta zona es agua, gracias al río Amazonas —dijo Silverstein.

—De hecho es el río más caudaloso, más ancho, más profundo y más largo del mundo, con 7.062 kilómetros de longitud, aunque este último dato varía dependiendo de las fuentes, pues todavía existe cierta controversia para saber si el Nilo supera al Amazonas en este aspecto —añadió Eliot, consultando los datos en su inseparable *tablet*.

—¡Guau! —exclamó Dani con asombro.

—Veo que su sobrino ha heredado su inteligencia, profesor —intervino Silverstein—. Y estoy pensando que, para hacer llegar el agua a la cueva de Lam, necesitaremos un mapa… ¡y la ayuda de la tecnología inca!

—¿Los incas? —preguntó Kyra.

—Sí. Los incas llegaron a estas tierras hacia el siglo XIII y las dominaron hasta el siglo XVI, aproximadamente. Fueron los creadores de Machu Picchu, una ciudad considerada sagrada y edificada a mediados del siglo XV en la cima de una de las montañas de los Andes. Destaca principalmente por su trazado urbanístico de gran perfección, pues los incas eran una cultura muy avanzada para su época, y unos expertos en arquitectura y en los sistemas de regadío —dijo el naturalista, a la vez que extendía un mapa.

BRRRUMMM

—A ver… Según los datos de vuestra localización cuando habéis dejado de emitir la señal, la cueva subterránea donde se fabrican los robots se encuentra en esta zona, muy cerca de la ciudad de Iquitos, situada al lado del río Amazonas —dijo el profesor Clik.

—¿Allí se encuentra el barrio de Belén, la «Venecia Amazónica» por sus amplios canales de agua? —comentó Eliot.

—¡Exacto! Y esa es la idea, precisamente. Crear un canal de agua desde el río hasta el escondite de Lam para arruinar su maléfico plan —siguió Silverstein—. Conozco muchas tribus en la selva que nos ayudarán en nuestra tarea.

—¿Tribus? ¡Qué guay! —dijo Dani.

—Sí —siguió Silverstein—. La Amazonia peruana es la región que posee la mayor diversidad de pueblos indígenas del país.

BRRRUMMM

En ella pueden hallarse más de 50 tribus, como los awajún, los tikuna, los yaminahua, los yanesha..., aunque algunas de ellas no superan las 400 personas, como los yaminahua.

—¡Interesante! —dijo Clik—. Una pregunta: ¿cerca de la cueva hay alguna cascada? Con tanta ayuda, podríamos instalar una especie de manguera gigante, a modo de canal, para transportar el agua por la selva hasta la fábrica de los troncobots. ¡Pediremos el material a las autoridades!

—¡Genial! ¡Un plan genial, sin duda! ¡Y hay una cascada enorme en esa zona! —afirmó Silverstein—. Pero debemos darnos prisa y ponernos en marcha antes del anochecer, mientras Lam y sus secuaces están escondidos.

BRRRUMMM

—¡Pues salimos inmediatamente! —gritó Kyra.

—¡Uaaaaala, qué maravilla de sitio! ¿Nos podemos bañar? ¡Por favooooor! —preguntó Dani dando saltitos, sudado después del esfuerzo al ayudar a cargar la manguera.

—¡Sí! ¡Qué buena idea! —exclamó Kyra uniéndose a la petición de su hermano.

—Está bien —contestó el profesor—, pero con cuid…

«Splaaaaaaaaaaash».

Antes de que el profesor pudiera acabar la frase, los dos hermanos ya estaban bañándose en la refrescante agua, mientras reían a carcajadas. Enseguida les siguió Leonardo.

BRRRUMMM

—¡Kyra, Dani!, ¿nos ayudáis a colocar la manguera lo más cerca posible de la cascada? —gritó el profesor.

Con la ayuda de los monos, los dos hermanos llevaron a nado la manguera y la colocaron cerca de la cascada, desde donde podrían disponer de toda el agua que quisieran.

—Perfecto, chicos. ¡Primera parte de la misión cumplida! —les dijo el profesor levantando el dedo pulgar en señal de aprobación—. ¿Os importa quedaros aquí con algunos monos y Leonardo y, cuando os mande una señal con el reloj transmisor, colocáis la manguera bajo el agua?

—De acuerdo —dijo Dani—. Mientras, jugaremos un rato.

—Genial —respondió Clik.

Y dirigiéndose a Eliot y Silverstein, afirmó con contundencia:

—¡Vamos a inundar esa fábrica de robots!

BRRRUMMM

Clik y sus compañeros se adentraron en la selva para acercar la manguera a la guarida subterránea de Lam. De repente, entre la vegetación, varios ojos empezaron a observarlos.

—¿Quién anda ahí? —preguntó Clik.

De entre la maleza salieron distintos indígenas. El que parecía el líder se quedó plantado delante de la manguera, dándole golpecitos con un bastón.

—¿Quién osa entrar en nuestras tierras sagradas con esta extraña serpiente gigante? —preguntó la enigmática voz. Entonces Silverstein se avanzó al grupo y, saludando al líder de la tribu, habló en un idioma desconocido para la pandilla. Ambos iniciaron una conversación entre risas.

—Tranquilos. Conozco a esta tribu —dijo Silverstein—.

Les he contado que la serpiente es una manguera con la que pondremos fin a la destrucción de la selva. Dicen que nos ayudarán, y nos dan la bienvenida a sus tierras.

—¡Perfecto! ¡Sigamos con el plan! —sonrió el profesor.

—¡Dirigid la manguera hacia allí! —señaló Click, apuntando con el dedo a la entrada de la cueva—. ¡Rápido, está anocheciendo y hay que aprovechar la salida de los primeros camiones para inundar la fábrica!

—¡Listos! —respondió Dani.

Entonces se oyó un ruido en la cueva, al abrirse.

—¡Ahora! —dijo el profesor a Dani.

Y a los dos minutos empezó a escucharse un estruendo: «BRRRRUMMM». Era el sonido del agua que venía desde las cataratas. De repente…, «zashhhh!», la entrada de la cueva empezó a llenarse de agua, que se colaba hacia el interior a un ritmo frenético.

¡A POR OTRO SUPERINVENTO!

«¡N oooooooooooo!!!».

—¡Toma ya! ¡Fastidiaos! —gritó Dani a pleno pulmón y saltando.

Kyra, Leonardo, él y los monos habían abandonado unos minutos antes su puesto en la cascada, porque el profesor les había comunicado que podían recoger la manguera. Los demás se felicitaban con abrazos por haber salvado a miles de árboles de una tala segura, mientras... de la cueva salió el conde sentado sobre una tabla de madera que hacía de improvisada barca. Sus dos secuaces, Aníbal y Gastón, remaban utilizando como remos trozos de madera de los troncobots.

—¡Remad, remad, zoquetes! —les gritaba Lam con la ropa empapada y con un visible enfado—. Maldito sea quien haya hecho esto, os juro que cuando los encuentre lo van a pa... —pero no pudo acabar la frase, pues vio a la pandilla

Clik festejando su triunfo—. ¿Vosotros aquí? ¡Arghhhhh! ¡Esto no va a quedar así, malditos! ¡Ahora he de huir, pero os juro que me vengaré! —gritó en vano mientras bajaba de la destartalada madera alejándose a toda velocidad.

—Bueno, parece que por lo menos hemos logrado acabar con la fechoría de Lam. Aunque ahora falta ver cómo podemos reparar lo que ha ocasionado —comentó el profesor Clik, regresando a un estado de preocupación—. Veamos la magnitud de los daños.

Su sobrino Eliot sacó el dron volador de su mochila y lo hizo sobrevolar por las zonas devastadas. En la pantalla del mando destacaban enormes áreas sin vegetación alguna. La euforia de la pandilla se transformó en una profunda tristeza.

—El daño que ha hecho Lam al ecosistema es irreparable. Es horrible ver todos estos árboles talados —murmuró Kyra con desánimo—. ¿No podríamos volverlos a plantar?

—Tardarían años en crecer —contestó Silverstein.

—¡Vaya! —se quejó Dani.

—¡Ya lo tengo! —exclamó de repente Eliot, a quien se le iluminó la cara—. ¡Podríamos probar el «expandecosechas»!

—¿El expandequé? —dijo Dani.

—El «expandecosechas» es un invento que empecé a

desarrollar hace unos años con el fin de acelerar los procesos de crecimiento de las hortalizas. Pero nunca pasó de la fase experimental —explicó el profesor Clik—. Di por terminado el proyecto por miedo a que cayera en manos indebidas.

—Probémoslo. No tenemos nada que perder —imploró Eliot.

El profesor se quedó pensativo durante unos segundos mientras Eliot, Kyra y Dani lo miraban expectantes.

—Está bien, chicos. Voy a intentarlo.

—¡Bieeeeeeeeen! —exclamaron los tres al unísono.

—Creo que aún conservo las fórmulas —dijo hojeando una vieja libreta que se sacó del bolsillo—. Veamos —murmuró para sí mismo mientras pasaba las páginas del cuaderno lleno de anotaciones—. ¡Aquí está! «El expandecosechas» —exclamó señalando una página con fórmulas matemáticas.

—¿Podrás hacerlo, tío? —preguntó con curiosidad Eliot.

—Creo que sí. Por suerte he traído algunos artilugios de esos a los que Dani llama «cosas que algún día pueden ser útiles para algo», aunque tendré que conseguir algunos ingredientes más.

—¿Listo entonces para probar suerte? —preguntó Silverstein—. La selva confía en usted.

—¡Listo! —respondió Clik.

¡ARRIBA, ARRIBA!

¡Por fin! ¡¡¡Creo que lo he logrado!!! —salió corriendo el profesor Clik del palacio de los monos, gritando como loco de contento.

En su mano sostenía un pequeño frasco lleno de un brillante líquido verde. El grito del profesor despertó a Leonardo, que estaba durmiendo una plácida siesta en una especie de cama hecha con hojas de árbol. El vivaracho hurón intuyó que algo muy importante iba a suceder y se colocó de un saltó en el hombro de su dueño Eliot, que acudía con sus amigos, Silverstein y los monos hasta el lugar donde estaba Clik.

—Veamos si esto funciona —murmuró el profesor, y tomó una semilla, la roció con el líquido y la plantó en la tierra—. Crucemos los dedos, chicos.

De repente el silencio lo invadió todo. Los monos miraban fijamente a la espera de que algo ocurriera, pero pasaron varios segundos y todo seguía igual.

—Hummm… ¡Qué raro, debería funcionar! A lo mejor me he confundido con algún ingrediente —dijo el profesor, mirando detenidamente el tubo que contenía el líquido.

De golpe, el suelo se abrió justo donde había plantado la semilla y un árbol empezó a crecer a tal velocidad que Leonardo y los monos corrieron despavoridos por el susto.

—¡Maravilloso! —exclamó Clik, mientras los demás observaban el árbol perplejos—. ¡Regresad a la realidad, chicos! ¡Tenemos un largo día de trabajo por delante! ¡Debemos repoblar la selva! —añadió satisfecho.

—¿Por dónde empezamos? —preguntó Kyra.

—Hay que recoger semillas de distintos árboles y plantas para poder replantar las áreas devastadas —dijo Silverstein, e invitó a los hermanos y a los monos a seguirlo.

Kyra y Dani llenaron sus bolsillos de los futuros árboles asesorados por el naturalista, y en cambio Eliot permaneció al lado del profesor Clik.

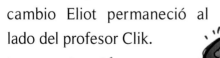

—Aunque consigamos muchas semillas, ¿cómo lograremos repoblar todo el territorio? Tardaremos días o incluso semanas, y el ecosistema no podrá aguantar tanto tiempo —dijo Eliot preocupado.

Clik se quedó pensativo. Necesitaban un plan para acelerar el proceso de replantación. De pronto se quedó mirando la mochila de su sobrino, de la que sobresalía el mando del dron.

—¡Ya lo tengo! Podemos utilizar el dron para dejar caer las semillas desde el aire. ¡Así iremos mucho más rápido!

—¡Sí! ¡Qué gran idea! —replicó Eliot entusiasmado.

Dani, que llegaba en ese momento y había escuchado la conversación, pidió a Eliot:

—¿Puedo hacerlo yo? ¡Por favor! ¡Por favor!

—Claro. Te nombro piloto oficial del dron.

A unos escasos metros, Leonardo y los monos estaban jugando a tirarse semillas los unos a los otros. Kyra, como siempre atenta a todos los detalles, se percató de la gran puntería que tenían los simios.

—¡Creo que hemos encontrado a los ayudantes perfectos para poder replantar la selva aún más deprisa!

¡LLUEVEN SEMILLAS MÁGICAS!

l plan para lograr que la selva amazónica volviera a su esplendor original se puso en marcha de inmediato. Kyra fue nombrada la encargada de mojar todas las semillas con el líquido verde acelerador de crecimiento creado por el profesor.

—Pásame otra semilla, por favor —dijo a Leonardo, que se encontraba delante de uno de los sacos.

—¡Es hora de recargar la artillería mágica! —exclamó Dani, controlando con el mando el dron, que sobrevolaba a la altura de la cabeza de su hermana.

—¡Este ya está listo! —dijo Kyra, acercando el saco de semillas empapadas del líquido a Eliot, que lo depositó en el artilugio del dron, junto a otros sacos preparados para ser lanzados sobre las zonas yermas y taladas de la selva.

—¡Allá vamos! —dijo Dani, mientras dirigía el aparato volador hacia su misión.

Por la pequeña pantalla del mando del dron se podía apreciar un espectáculo único: tras esparcir las semillas por una zona determinada, al cabo de unos minutos, la vegetación volvía a crecer y repoblar el área. Y todo gracias al mágico invento del profesor Clik.

—¡Yuju! —gritó Dani, sin poder contener su alegría, al ver que la pandilla estaba triunfando en su misión de salvar la selva.

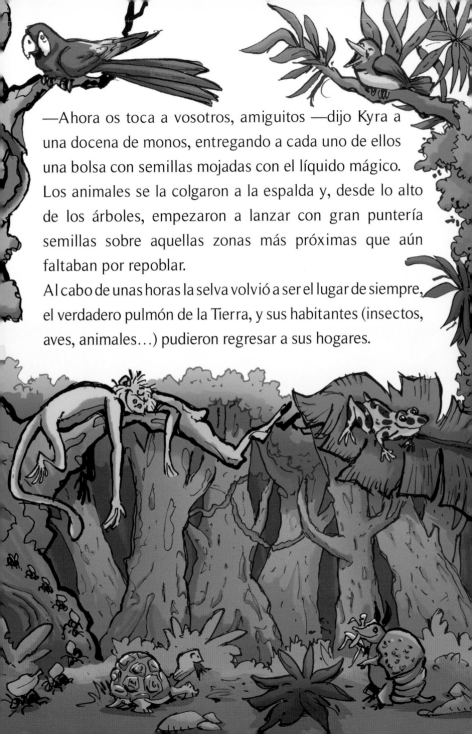

—Ahora os toca a vosotros, amiguitos —dijo Kyra a una docena de monos, entregando a cada uno de ellos una bolsa con semillas mojadas con el líquido mágico.

Los animales se la colgaron a la espalda y, desde lo alto de los árboles, empezaron a lanzar con gran puntería semillas sobre aquellas zonas más próximas que aún faltaban por repoblar.

Al cabo de unas horas la selva volvió a ser el lugar de siempre, el verdadero pulmón de la Tierra, y sus habitantes (insectos, aves, animales…) pudieron regresar a sus hogares.

—¡Pstttt, despierte, profesor! —susurró Silverstein al oído del profesor Clik, que llevaba un buen rato sumido en un profundo sueño—. Lo ha logrado. ¡Felicidades! ¡Reúna a todos, que quiero enseñarles algo!

—¡Oooohhh! ¡Qué bonito! —expresó Dani.

—Lo habéis conseguido, pandilla Clik —dijo el naturalista con alegría—. Habéis salvado el Amazonas. ¡Sois unos héroes!

—¡No esperaba menos de mi brillante sobrino, de sus amigos… y de los monos y las tribus de la zona! —dijo el profesor con gran satisfacción.

—¡Esta noche lo celebraremos a lo grande con una fiesta! —anunció Silverstein.

—¡Vivaaaaaa!

Esa misma noche, se reunieron todos en el exterior del Palacio de las Lianas. Silverstein había invitado a representantes de las tribus del Amazonas.

—¡No me lo puedo creer! —exclamó Eliot consultando los datos almacenados en su *tablet*—. ¡Han venido representantes de todas las tribus indígenas de esta zona del Amazonas! —dijo.

Además, el grupo que les había permitido cruzar por sus tierras con la manguera lo saludó afablemente con la mano.

—¿Qué esperabais? Querían conocer a los salvadores de sus tierras y festejarlo todos juntos —comentó Silverstein.

—¡Yuju! ¡Comida! —exclamó Dani, al ver cómo varios monos traían suculentos platos.

Al terminar la cena, empezaron los bailes tradicionales. Kyra fue la primera en salir a bailar imitando los pasos de los indígenas. La pandilla se lo estaba pasando a lo grande cuando de repente se hizo el silencio. Unos monos apartaron unas hojas para dejar al descubierto un tótem esculpido en madera. Silverstein se levantó.

—Ahora, siguiendo una tradición local milenaria, haremos unas ofrendas a Mama Pacha, la diosa que representa la Madre Tierra, y a quien vosotros, valiente pandilla Clik, habéis ayudado a salvar con gran valentía —dijo mirando hacia la pandilla—. Adelante pues, amazónicos y forasteros, honremos juntos a la naturaleza con esta comida y esta bebida.

Y la fiesta siguió toda la noche.

¡HÉROES...
Y VILLANOS!

n la sala principal del ayuntamiento de Lima, el alcalde y un representante de la policía fueron entregando a cada uno de los miembros de la pandilla Clik una medalla al valor. ¡Incluso Leonardo tenía destinada una pequeña medalla hecha a medida!

—Gracias por vuestros servicios para salvar al país y a la zona de una crisis medioambiental que podría haber afectado a todo el planeta —dijo el alcalde, estrechando la mano del profesor Clik.

—Ha sido un verdadero placer —contestó el profesor—. Además, estos chicos siempre han estado muy concienciados con la protección del planeta. Nunca se hubieran quedado de brazos cruzados ante un ataque así.

—En nombre del gobierno peruano y de su población les queremos obsequiar con una visita guiada por los lugares

más bellos del país, entre ellos Cuzco y el Machu Picchu —añadió el alcalde.

—¡Yupi! —exclamó Eliot sacando su *tablet* para dar a conocer sus anotaciones—. Escuchad: Cuzco es una ciudad que ejerció de capital del Imperio Inca, donde se hallan importantes construcciones arquitectónicas como el templo de Coricancha, dedicado al dios sol. Fue declarada Patrimonio de la Humanidad por la UNESCO en 1983. Debido a la gran cantidad de monumentos que alberga, es conocida como la Roma de América, por su bagaje cultural y arquitectónico. ¡Mirad todo lo que podemos visitar!

—¡Uaaaaaau! ¡Menudas vacaciones! —exclamó Dani.

—Pues a partir de este momento podéis considerar Perú vuestro segundo hogar. La pandilla Clik se ha convertido en una leyenda en estas tierras —añadió el policía, que quiso hacerse una foto con sus nuevos «colaboradores».

—¡Cliiiiiiiiik! —dijeron todos con cara de felicidad mientras posaban para el fotógrafo.

Mientras la pandilla celebraba el gran viaje que tenía por delante, el policía se acercó al profesor.

—Hemos oído que ustedes tienen un líquido que puede hacer que plantas y árboles crezcan a toda velocidad, ¿es eso cierto? —preguntó discretamente.

—Así es, pero solamente fabriqué la cantidad suficiente para poder repoblar la selva —respondió el profesor.

—¿Por qué tan poca cantidad? Un producto así podría revolucionar el mundo —añadió el policía.

—Precisamente por esa razón, imagínese que cae en las manos equivocadas, como de... ya sabe quién —dijo el profesor.

Mientras, no muy lejos de allí...

—¡Maldita sea! —dijo Lam con rabia dando un golpe a la mesita del avión, que hizo saltar varias piezas oxidadas de los troncobots—. ¡Había invertido casi toda mi fortuna en la construcción de la «ciudad verde»! ¡Ahora tendré que hacer frente a un montón de deudas! —añadió apretando el puño con fuerza.

—Cálmese, jefe. Podemos volver a reunir más dinero y seguir con el plan —dijo Aníbal.

—Claro, mientras haya incautos a quienes timar o engañar, siempre podremos tener dinero —añadió Gastón desde su asiento.

—¡Callad! ¡Todo esto es culpa vuestra, pedazo de zoquetes! —les gritó el conde alzando los brazos—. Si la pandilla no nos hubiera descubierto, nada de esto habría ocurrido y yo sería el nuevo amo del mundo. Pero no os preocupéis —susurró frotándose las manos y esbozando una pérfida sonrisa—, tengo un plan para acabar con el maldito profesor y su pandilla, y en este caso, de una vez por todas. ¡Pronto veréis cómo me libro de ellos!

EL ÁRBOL
DE LA AMISTAD

A ntes de realizar su visita por el país, la pandilla quiso regresar a la Isla de los Monos para despedirse de sus apreciados nuevos amigos.

—Querido Silverstein, ha sido un placer volver a verle —dijo el profesor extendiendo la mano al naturalista.

—Por favor, profesor, con confianza... Usted puede llamarme... ¡Rey Mono! —comentó este, mientras guiñaba un ojo—. La verdad es que todo el Amazonas está en deuda con vosotros —dijo a la pandilla.

—Siempre es un placer poder ayudar a conservar la naturaleza. Especialmente en una zona como el pulmón de la Tierra —comentó el profesor mirando a su alrededor con orgullo—. Si en otra ocasión necesitáis de nuevo nuestra ayuda, no dudéis en contactar con nosotros, ¿verdad, chicos? —dijo dirigiéndose a la pandilla.

—¡Sí! ¡Me lo he pasado en grande! ¡Este país es increíble! ¡Me encanta! —contesto Kyra.

—La verdad es que echaré de menos a estos pequeños —añadió Dani señalando a unos monos que estaban columpiándose por las ramas de un árbol y a otro que se había enrollado en su pierna. De hecho, se merecen un regalo de despedida —comentó buscando algo en su bolsillo—. Creo que aún tengo unas canicas de mi viaje a…

Pero antes de que pudiera acabar la frase, una semilla bañada con el líquido verde mágico del profesor Clik cayó

al suelo transformándose inmediatamente en un árbol y llevándose entre sus ramas a su hermana Kyra, que estaba justo a su lado.

—¡Daniiiiiiii! —gritó Kyra, divertida.

—¡Ja, ja, ja! —se rieron todos, mientras la valiente chica bajaba del árbol a toda velocidad con una sonrisa de oreja a oreja.

—A partir de ahora este árbol será el símbolo natural de nuestra amistad —propuso Silverstein.

—¿Qué os parece?

—¡Una idea excelente! —contestó el profesor, y el resto de la pandilla asintió—. Ahora debemos irnos. Nos espera un maravilloso viaje para conocer a fondo el espectacular territorio peruano—. ¡En marcha, chicos!

«¡Riiing, Riiing!».

—¡Una videollamada! ¡Por fin!

En Hills Town, la abuela de Kyra y Dani descolgó y, en la pantalla de su ordenador, aparecieron sus amados nietos.

—¡Hola, abuela! —gritó Kyra, saludándola con la mano.

—¡Abuela, abuela! ¡Esto es una pasaaaaaaaaaaaada! Ojalá estuvieras aquí con nosotros. Te echamos mucho de menos —añadió Dani, dando saltos de alegría.

—¡Kyra! ¡Dani! ¡Qué alegría! ¿Dónde estáis ahora?

—Cerca de Cuzco. ¡Estamos recorriendo el camino inca! ¿Abuela, sabías que caminos como este conectaron las ciudades más importantes del Imperio Inca durante siglos? Parece ser que los incas tenían un gran dominio de la arquitectura. ¡Eran unos genios! ¡Mira, abuela, esto es espectacular! —dijo Kyra mientras mostraba los bellos parajes naturales de su alrededor.

—Y vamos hacia el Machu Picchu —añadió Dani—. ¡Este es el mejor verano de mi vida! —gritó.

La abuela sonrió al ver que sus nietos estaban tan felices.

—¡Cómo me alegra que estéis tan bien! Ya me contaréis todo con detalle a vuestro regreso.

DESCUBRIENDO LA CIUDAD SAGRADA

L a pandilla divisó a lo lejos los restos arqueológicos del Machu Picchu y su maravilloso paisaje.

—¡Miraaaaaaaad! ¡Qué lugar más hermoso! —exclamó Kyra—. Creo que es lo más bonito que he visto en mi vida —añadió sin dar crédito a lo que estaba viendo.

—Es un sitio de gran valor arqueológico —dijo Eliot consultando su *tablet* como era habitual—. Se ve que, asombrados por la belleza de la zona, en el siglo XV los incas construyeron aquí un complejo urbano con edificaciones de lujo y templos religiosos. Se conservan restos de más de 200 edificios, y hay palacios, viviendas, templos, un cementerio…

—No me extraña, ¡es espectacular! ¡Y pronto estaremos allí! —añadió Dani.

—¡Uuuuuuau! ¡Mirad esto! —Kyra señaló los vestidos tradicionales de los incas que se exponían en una parada ambulante al lado del camino—. ¡Son preciosos! —dijo emocionada, contemplando los llamativos colores.

—¿Te gusta este? Es para ti —dijo la vendedora, una señora que esbozaba una preciosa sonrisa.

—¿Cóooooooomo? —exclamó Kyra.

—¿Sois la famosa pandilla Clik, verdad? —preguntó la vendedora.

—¡En carne y hueso! —contestó orgulloso el profesor.

—Entonces quiero obsequiaros con las ropas tradicionales de mi país, al que habéis ayudado tanto.

—¡Yuju! —respondieron todos.

Unas horas más tarde, la pandilla prosiguió su excursión por el Machu Picchu, ataviados con los ropajes tradicionales incas. De repente, al subir una de las impresionantes rocas del complejo, Dani empezó a tambalearse.

—¡Dani! ¿Te encuentras bien? —preguntó Kyra preocupada al ver a su hermano en ese estado.

—No mucho… Estoy un poco mareado —contestó pálido.

—Debe de ser el mal de altura —les informó el profesor, y sacó un aparato del bolsillo.

—¿El qué? —preguntó Kyra.

—El mal de altura es una reacción del cuerpo a la falta de oxígeno que se da cuando se está a muchos metros de altura sobre el nivel del mar. Aquí, en Perú, del mismo modo que en otros sitios, también lo llaman mal de montaña. ¡Ajá! Mi altímetro dice que estamos a más de 2.500 metros de altura —dijo Clik.

—¡Ay, qué mareoooo! —se lamentaba Dani.

—Tranquilo. Túmbate con las piernas levantadas y tómate esto. Ya me imaginé que podía ocurrir, así que he traído unas pastillas para el mal de altura.

Al cabo de un rato, Dani se encontró mucho mejor y todos pudieron continuar la excursión por las majestuosas montañas de la zona hasta llegar a la cima, donde disfrutaron de unas maravillosas vistas.

—Fantástico, ¿verdad? ¡Machu Picchu está considerada una de las siete nuevas maravillas del mundo! Es un complejo arquitectónico con un trazado urbanístico de gran perfección, teniendo en cuenta la inclinación del terreno sobre el que está situado —dijo el profesor.

—Pues aún nos queda mucho por ver —afirmó Eliot—. Nuestro siguiente destino es la ciudad sagrada de Caral, un lugar muy especial, ya que es la ciudad más antigua del Perú, construida hace más de 5.000 años en una meseta del valle del río Supe, al norte de Lima —leyó Eliot sin despegar su mirada de la *tablet*.

—¿Eso es una pirámide? —señaló Dani.

—Efectivamente —contestó el profesor Clik—. Los habitantes de esta ciudad se distinguían por ser unos hábiles constructores de pirámides, de las que se conservan seis ejemplos. ¡Son las más antiguas que se han encontrado en el territorio que ocupan los Andes! ¡Observad qué destreza arquitectónica! ¡Es alucinante!

—En la antigüedad, sus pirámides eran usadas por los gobernantes, para realizar todo tipo de actividades relacionadas con la religión, la política y la economía. Incluso eran empleadas como mercados, donde se podían intercambiar o vender mercancías —comentó Eliot .

El resto de la pandilla admiraba la belleza de la ciudad.

—Lástima que mañana tengamos que regresar. La de aventuras que podríamos vivir explorando estas tierras. No sé si lo he dicho aún, pero… ¡me encanta este país! —dijo Kyra.

—Solamente lo has dicho unas… ¡cien veces! —contestó Dani en un tono burlón, mientras los demás estallaban en carcajadas—. Pero la verdad es que te entiendo perfectamente, hermanita.

—De repente escucharon un sonido de hélices que provenía del cielo.

—¿Eso no es…? —empezó el profesor.

—¡Nuestro dron! —contestó Eliot—. ¡Parece ser que Silverstein ya sabe utilizarlo, así como el localizador que le regalamos! ¡Y lleva algo consigo!

Entonces el dron dejó caer un mensaje que llevaba sujeto. En él podía leerse:

«¡Muchísimas gracias, amigos! ¡Feliz viaje de regreso y hasta siempre!».

Índice

Encuentra...

Eliot está intentando descifrar el enigma del dibujo...
¿Puedes ayudarlo a encontrar el mono
coloreando las partes que correspondan?

¡Dani está perdido!

Dani está otra vez en un aprieto.
¿Puedes ayudarlo a salir del laberinto
intentando seguir el camino correcto?

Repetidos

En este dibujo hay solo dos indios idénticos. ¿Puedes encontrarlos?

Escena

Solo uno de estos fragmentos pertenece a la escena. ¿Puedes averiguar cuál de los tres es?

A trocitos

Descubre el orden de estos fragmentos y apunta los números correspondientes en los casilleros en blanco.

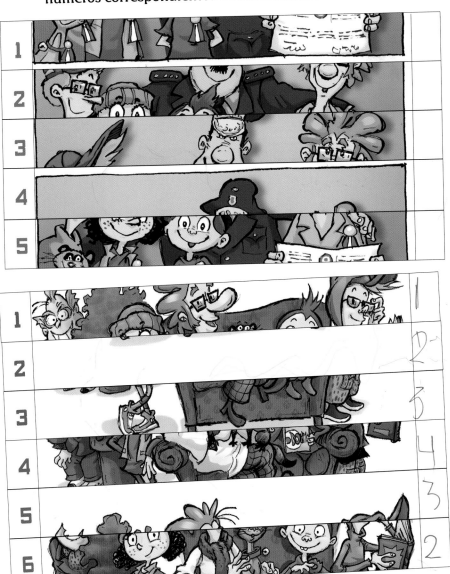

¿Sabías que…?

En 1911, un intrépido profesor universitario norteamericano, Hiram Bingham, descubrió las ruinas de Machu Picchu. ¡La ciudadela había permanecido oculta bajo la naturaleza más de cuatro siglos! En ella Bingham se encontró con dos familias que usaban los andenes del sur de Machu Picchu para cultivar y… ¡bebían el agua de un canal construido por los incas que todavía funcionaba!

MACHU PICCHU

Imperio Inca

¿Sabías que...?

• Los incas estudiaron profundamente la astronomía. ¡Algunos cronistas cuentan que eran capaces de predecir los **eclipses**!

• El tema de los incas aparece en distintos álbumes de **cómic infantil**, como *El templo del Sol*, protagonizado por el intrépido reportero Tintín.

• En el siglo XVI el Imperio Inca ocupaba **2.500.000 kilómetros** cuadrados, prácticamente igual que la actual Argentina.

• Se estima que hacia el año 1530 vivían en el Imperio unos **15 millones de habitantes**, prácticamente la misma población que vive actualmente en Guatemala.

¿Sabías que…?

El lugar más salvaje de la Tierra, el Amazonas, posee algunos animales que solo pueden hallarse en este territorio. Es el caso del perezoso, una especie emparentada con el oso hormiguero que vive en las ramas de los árboles. Su nombre se debe a que es muy lento moviéndose y al hecho de que puede dormir… ¡entre 10 y 18 horas al día!

Amazonas

¿Sabías que…?

• La selva amazónica se extiende a lo largo de prácticamente 7 millones de kilómetros cuadrados. **¡Esto equivale al doble de territorio que ocupa la India**, el séptimo país más grande del mundo!

• En el Amazonas viven numerosas especies de animales, entre las que abundan los monos, las tortugas y las serpientes.

• El territorio amazónico es uno de los más ricos del planeta en cuanto a lenguas habladas. Se cree que se practican más de **300 idiomas en su área.**

• En 1541, el explorador **Francisco Orellana** fue el primer europeo en navegar el río Amazonas desde los Andes hasta el Atlántico, y fue el responsable de darle el nombre.

Clikferencias

—¡Remad, remad, zoquetes! —les gritaba el Conde de Lam con la ropa empapada y con un visible enfado.. Pero algo no está bien... Pon mucha atención para encontrar las 7 diferencias que hay entre las dos viñetas.

Clikferencias

Kyra y Dani se lo pasan en grande disfrutando de un día en plena naturaleza. Si prestas atención podrás encontrar las 7 diferencias que hay entre las dos viñetas.

Soluciones

JUEGOS PÁG. 113

A TROCITOS:
IMAGEN 1: IMAGEN 2:
5, 1, 6, 4, 3, 2   4, 3, 2, 5, 1

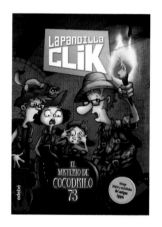